W0238130

LE SABRE & L'ÉPÉE

1. LA YESHA

SCÉNARIO
DAVID CHAUVEL

DESSIN
HERVÉ BOIVIN

COULEURS
CHRISTOPHE ARALDI

DELCOURT

"Le Tao est une fourmi, un brin d'herbe, une tuile, une crotte."
WUANG ZI

Pour tous les copains de l'école Long Ho de Quimper...
D. C.

Celui-là est pour Mickey, bien sûr !!
Les auteurs

Du même scénariste, chez le même éditeur :
• Les Enragés (cinq volumes et édition intégrale) - dessin de Le Saëc
• Ce qui est à nous (dix volumes) - dessin de Le Saëc
• Flag - dessin de Le Saëc
• Arthur (sept volumes) - dessin de Lereculey
• Nuit noire (trois volumes et édition intégrale) - dessin de Lereculey
• Quarterback (quatre volumes) - dessin de Kerfriden
• Station debout - dessin de Ehretsmann
• Ring Circus (quatre volumes) - dessin de Pedrosa
• Shaolin Moussaka (deux volumes) - dessin de Pedrosa
• Trois allumettes - dessin de Boivin
• Lili & Winker (deux volumes) - dessin de Boivin
• Ocean City (deux volumes) - dessin de Komorowski
• Le Poisson-Clown (quatre volumes) - dessin de F. Simon
• Rails (quatre volumes et édition intégrale) - dessin de F. Simon
• Popotka le petit Sioux (cinq volumes) - dessin de F. Simon
• Lunatiks - dessin de Roudaut
• Octave (trois volumes) - dessin d'Alfred
• Le Magicien d'Oz (trois volumes) - dessin de Fernández, d'après L. Frank Baum

Aux Éditions Glénat :
• Black Mary (deux volumes) - dessin de Fagès

Hervé Boivin a bénéficié, pour la réalisation de cet album, du soutien du Centre national du livre.

© 2006 Guy Delcourt Productions

Tous droits réservés pour tous pays.
Dépôt légal : janvier 2006. I.S.B.N. : 2-84789-156-0
Première édition.

Lettrage : Christophe Semal
Conception graphique : Trait pour Trait

Achevé d'imprimer en décembre 2005
sur les presses de l'imprimerie Lesaffre, à Tournai, Belgique.

www.editions-delcourt.fr

La légende dit que Gang Jiang le forgeron se rendit tout d'abord dans la région de Kunwu pour y prélever le célèbre cuivre rouge qui lui permettrait de fabriquer les gardes des deux épées.

AYA !!
AHEM... EUH, BONJOUR... EUH... ÉTRANGER !!
VOUS AVEZ FAIM ?! ET SOIF, AUSSI À TOUS LES COUPS ?!
SUIVEZ-MOI !!

2.

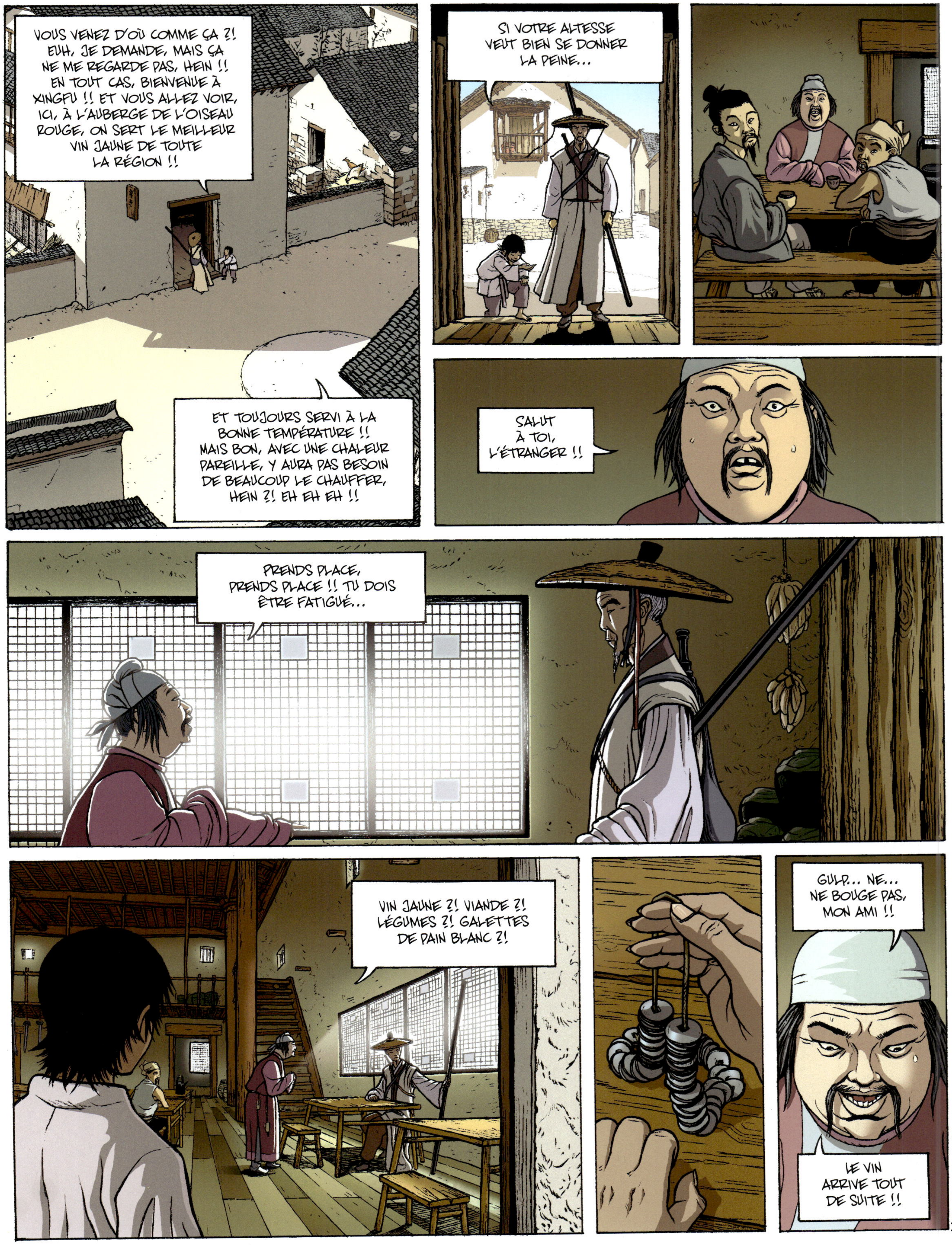
VOUS VENEZ D'OÙ COMME ÇA ?! EUH, JE DEMANDE, MAIS ÇA NE ME REGARDE PAS, HEIN !! EN TOUT CAS, BIENVENUE À XINGFU !! ET VOUS ALLEZ VOIR, ICI, À L'AUBERGE DE L'OISEAU ROUGE, ON SERT LE MEILLEUR VIN JAUNE DE TOUTE LA RÉGION !!
ET TOUJOURS SERVI À LA BONNE TEMPÉRATURE !! MAIS BON, AVEC UNE CHALEUR PAREILLE, Y AURA PAS BESOIN DE BEAUCOUP LE CHAUFFER, HEIN ?! EH EH EH !!
SI VOTRE ALTESSE VEUT BIEN SE DONNER LA PEINE...
SALUT À TOI, L'ÉTRANGER !!
PRENDS PLACE, PRENDS PLACE !! TU DOIS ÊTRE FATIGUÉ...
VIN JAUNE ?! VIANDE ?! LÉGUMES ?! GALETTES DE PAIN BLANC ?!
GULP... NE... NE BOUGE PAS, MON AMI !!
LE VIN ARRIVE TOUT DE SUITE !!
3.

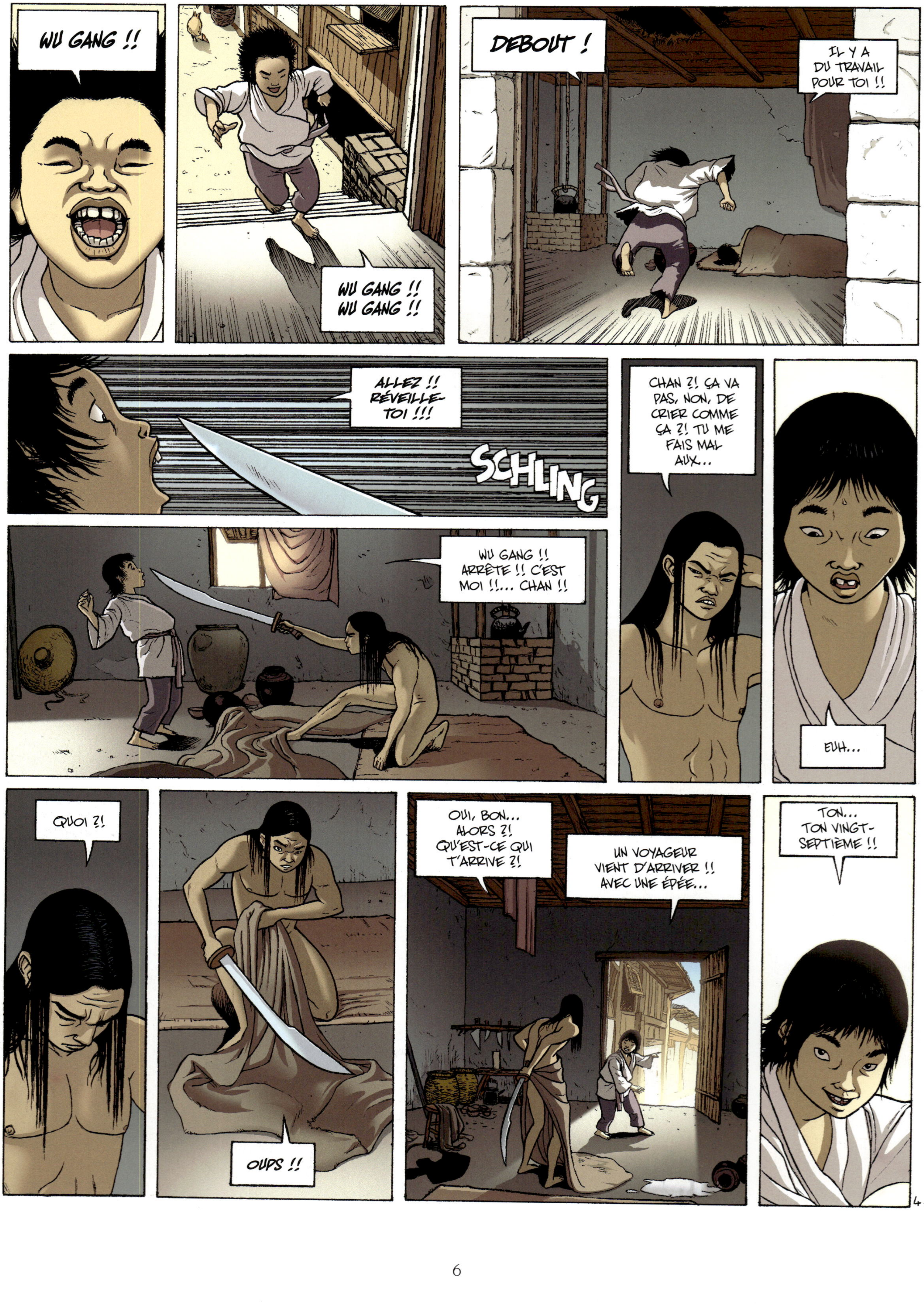
WU GANG !!
WU GANG !! WU GANG !!
DEBOUT !
IL Y A DU TRAVAIL POUR TOI !!
ALLEZ !! RÉVEILLE-TOI !!!
SCHLING
CHAN ?! ÇA VA PAS, NON, DE CRIER COMME ÇA ?! TU ME FAIS MAL AUX...
WU GANG !! ARRÊTE !! C'EST MOI !!... CHAN !!
EUH...
QUOI ?!
OUPS !!
OUI, BON... ALORS ?! QU'EST-CE QUI T'ARRIVE ?!
UN VOYAGEUR VIENT D'ARRIVER !! AVEC UNE ÉPÉE...
TON... TON VINGT-SEPTIÈME !!
4.

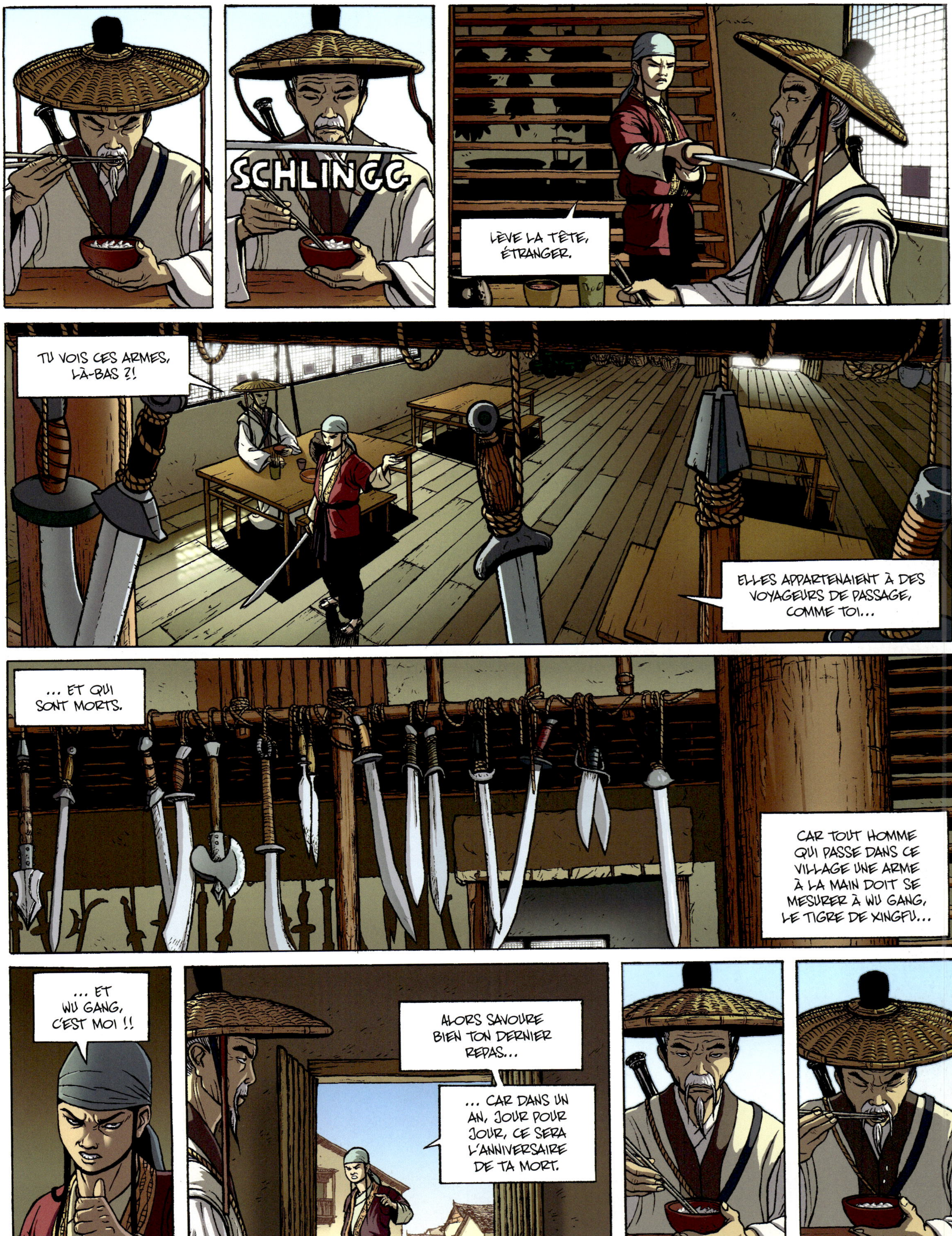
SCHLINGG
LÈVE LA TÊTE, ÉTRANGER.
TU VOIS CES ARMES, LÀ-BAS ?!
ELLES APPARTENAIENT À DES VOYAGEURS DE PASSAGE, COMME TOI...
... ET QUI SONT MORTS.
CAR TOUT HOMME QUI PASSE DANS CE VILLAGE UNE ARME À LA MAIN DOIT SE MESURER À WU GANG, LE TIGRE DE XINGFU...
... ET WU GANG, C'EST MOI !!
ALORS SAVOURE BIEN TON DERNIER REPAS...
... CAR DANS UN AN, JOUR POUR JOUR, CE SERA L'ANNIVERSAIRE DE TA MORT.
5

LES RÈGLES SONT STRICTES, ÉTRANGER.
LE COMBAT EST À MORT ET CELUI QUI SORT DU CERCLE EST...
... IMMÉDIATEMENT CHÂTIÉ...
6

MM ?!
QU'EST-CE QUE T'ATTENDS ?! EN GARDE !!
QU'EST-CE QUE... EN VOILÀ UN FOUTU DRÔLE !!

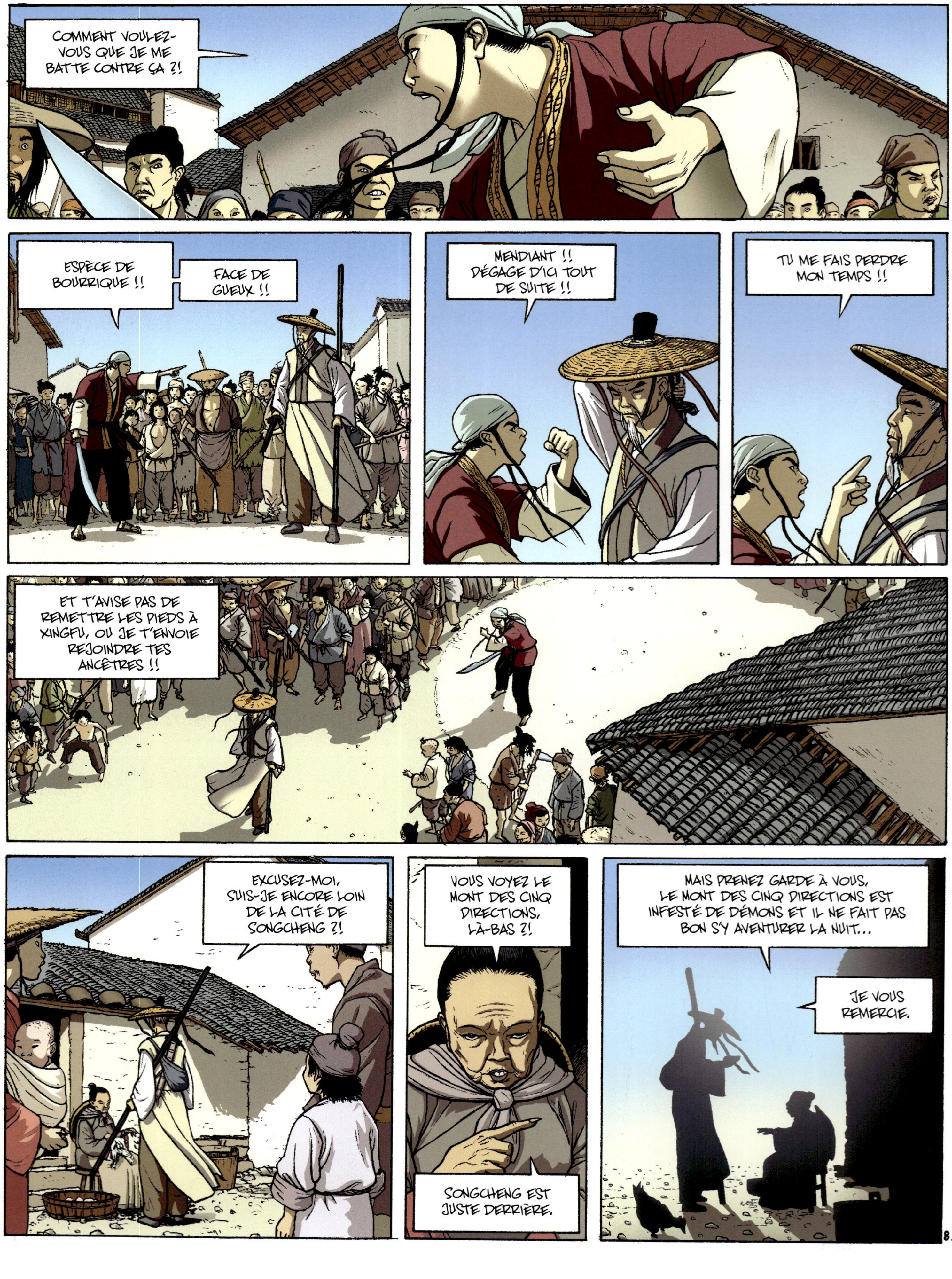
COMMENT VOULEZ-VOUS QUE JE ME BATTE CONTRE ÇA ?!
ESPÈCE DE BOURRIQUE !!
FACE DE GUEUX !!
MENDIANT !! DÉGAGE D'ICI TOUT DE SUITE !!
TU ME FAIS PERDRE MON TEMPS !!
ET T'AVISE PAS DE REMETTRE LES PIEDS À XINGFU, OU JE T'ENVOIE REJOINDRE TES ANCÊTRES !!
EXCUSEZ-MOI, SUIS-JE ENCORE LOIN DE LA CITÉ DE SONGCHENG ?!
VOUS VOYEZ LE MONT DES CINQ DIRECTIONS, LÀ-BAS ?!
SONGCHENG EST JUSTE DERRIÈRE.
MAIS PRENEZ GARDE À VOUS, LE MONT DES CINQ DIRECTIONS EST INFESTÉ DE DÉMONS ET IL NE FAIT PAS BON S'Y AVENTURER LA NUIT...
JE VOUS REMERCIE.
8

Puis il alla chercher le fer le plus pur qui soit sur le Mont des Deux Horizons.

BÂTON CREUX !!
MÂCHE-MERDE !!
ON JOUE LES GRANDS SABREURS MAIS QUAND IL FAUT PASSER À L'ACTION...
... PFFFUIT !! PLUS PERSONNE...
POUR BOIRE, ÇA, IL S'Y CONNAÎT !!
MAIS DÈS QU'IL S'AGIT DE FROTTER LA BARBICHE DU TIGRE...
ET T'AVISE PAS DE REMETTRE LES PIEDS À XINGFU, OU JE T'ENVOIE REJOINDRE TES...
ÇA SUFFIT !!
BAM
SUR VINGT-SEPT GUERRIERS QUI SONT PASSÉS ICI, ET QUI AURAIENT PU VOUS RANÇONNER, MASSACRER VOS ENFANTS ET ABUSER DE VOS FEMMES...
... IL SUFFIT DONC QUE J'EN LAISSE PASSER UN POUR QUE VOUS ME TRAITIEZ COMME UN CHIEN !!
SACHEZ QUE WU GANG NE SE BAT PAS AVEC LES VIEILLARDS ARMÉS D'UNE MOITIÉ D'ÉPÉE !!
MOITIÉ D'ÉPÉE OU PAS, WU FEI, LUI, L'AURAIT EXPÉDIÉ SANS POSER DE QUESTIONS...
10

VRAIMENT ?! ET QU'EST-CE QUE TU SAIS, QU'EST-CE QUE VOUS SAVEZ TOUS DE MAÎTRE FEI ?!
ET SI VOUS ÉTIEZ SI PROCHES DE LUI, COMMENT SE FAIT-IL QU'IL N'AIT PAS CHOISI QUELQU'UN DU VILLAGE POUR LUI SUCCÉDER, HEIN ?!
IL N'EMPÊCHE QUE C'ÉTAIT TON VINGT-SEPTIÈME.
COMMENT AS-TU PU LAISSER PASSER UNE OCCASION PAREILLE ?!
MOI JE DIS QUE TU AS PEUR.
ET SI TU AS PEUR...
... TU N'ES PLUS DIGNE DE NOUS DÉFENDRE.
PARFAITEMENT !!
C'EST SÛR.
BIEN DIT...
KRASH
PEUR ?!
VOUS AVEZ DIT PEUR ?!
WU GANG NE CONNAÎT PAS LA PEUR !! ET IL VOUS L'A MONTRÉ BIEN SOUVENT !!
MAIS PUISQUE ÇA NE VOUS SUFFIT PAS !! PUISQUE VOUS VOULEZ DU SANG...
VOUS ALLEZ EN AVOIR !!
BAM
DEMAIN MATIN, LA TÊTE ET LE COEUR DE L'ÉTRANGER TRÔNERONT SUR CETTE TABLE !!
11

Il entreprit alors de forger les deux épées, mais en vain.
MIAM !!
SLURP !! LE FOIE EST POUR MOI !!
12

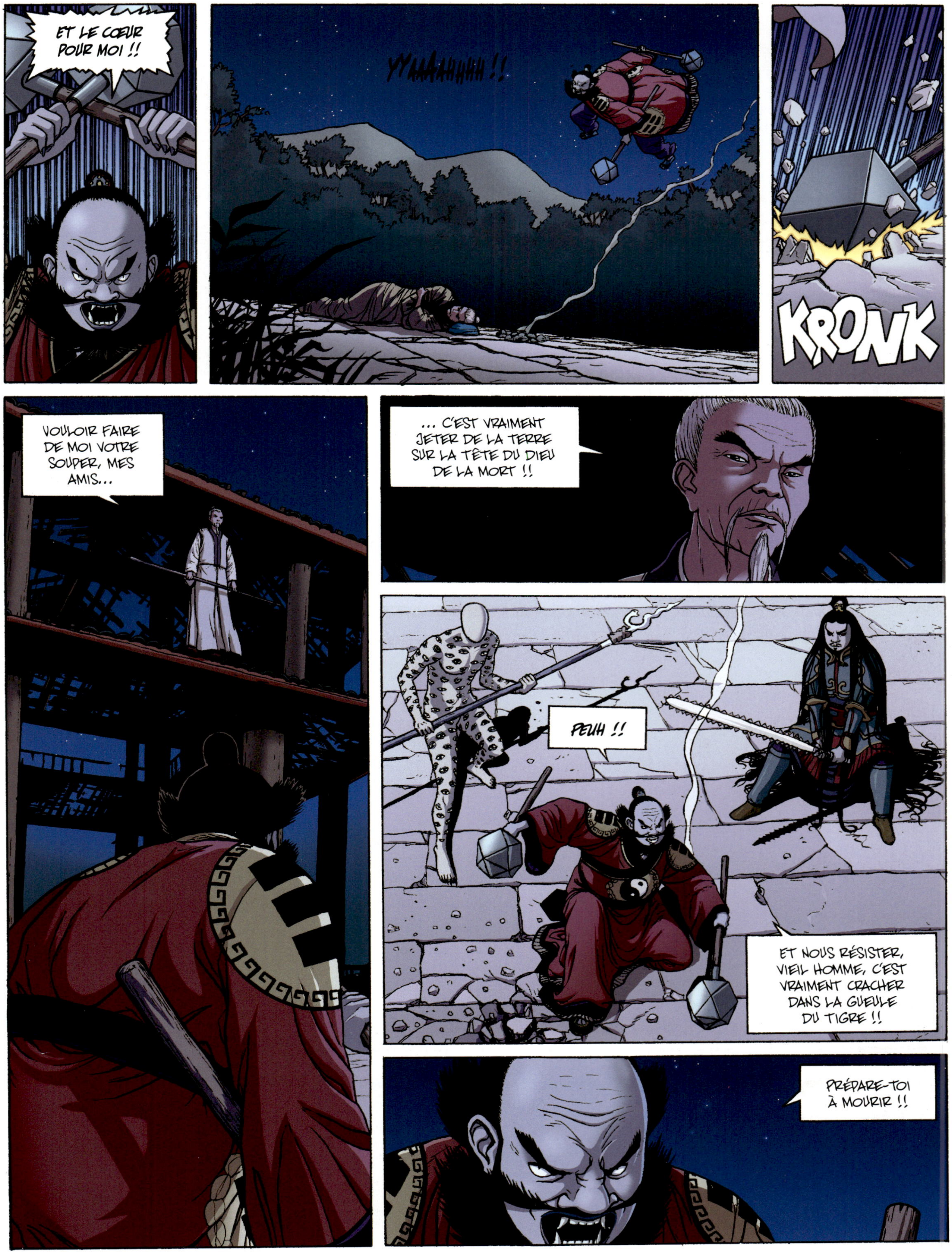
ET LE COEUR POUR MOI !!
YYAAAAHHHH !!
KRONK
VOULOIR FAIRE DE MOI VOTRE SOUPER, MES AMIS...
... C'EST VRAIMENT JETER DE LA TERRE SUR LA TÊTE DU DIEU DE LA MORT !!
PEUH !!
ET NOUS RÉSISTER, VIEIL HOMME, C'EST VRAIMENT CRACHER DANS LA GUEULE DU TIGRE !!
PRÉPARE-TOI À MOURIR !!
13

YYAAAAHHHH !!
BONK
POK
BROUF
JE VOUS AVAIS PRÉVENUS...
VOUS AVEZ ENCORE UNE CHANCE DE SAUVER VOTRE PEAU !! À VOUS DE LA SAISIR...
CRÈVE !!
14

HOUNGH !!
BONK
SWHOOSH
SLLOOSH
15

PFFF... QUELLE BANDE D'INGRATS...
PAYSANS BORNÉS...
VOUS ALLEZ VOIR SI WU GANG A PEUR !! JE VAIS VOUS...
EH BEN, MON VIEUX...
MEURS !!

TU N'AURAIS JAMAIS DÛ TOUCHER À MES ENFANTS !!
MAIS C'EST PAS MOI !!
MENTEUR !! TU AS OSÉ T'EN PRENDRE À MES TROIS PETITS SINGES !!
TU VAS LE PAYER CHER !!
SALE PETITE VERMINE !! JE VAIS T'ÉTRIPER !!
M'ÉTRIPER ?! ET POURQUOI ?! JE SUIS INNOCENT !! ET D'AILLEURS, JE...
LA FERME !!
KRAK
17

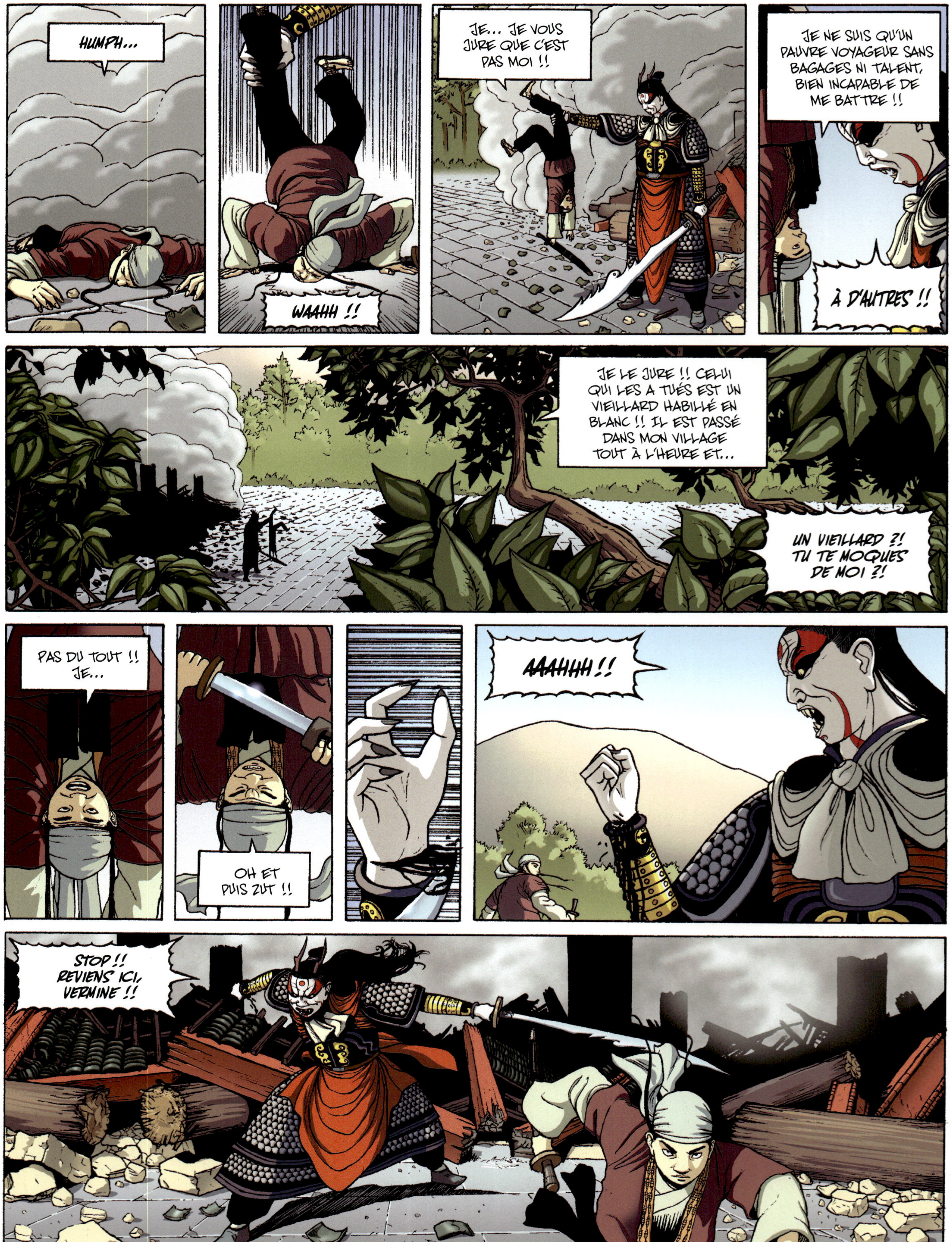
HUMPH...
WAAHH !!
JE... JE VOUS JURE QUE C'EST PAS MOI !!
JE NE SUIS QU'UN PAUVRE VOYAGEUR SANS BAGAGES NI TALENT, BIEN INCAPABLE DE ME BATTRE !!
À D'AUTRES !!
JE LE JURE !! CELUI QUI LES A TUÉS EST UN VIEILLARD HABILLÉ EN BLANC !! IL EST PASSÉ DANS MON VILLAGE TOUT À L'HEURE ET...
UN VIEILLARD ?! TU TE MOQUES DE MOI ?!
PAS DU TOUT !! JE...
OH ET PUIS ZUT !!
AAAHHH !!
STOP !! REVIENS ICI, VERMINE !!
18

J'AI DIT : REVIENS ICI !!
CAUSE TOUJOURS !!
AAHH !!
GASP...
JE TE TIENS !!
AAAAHHHH !!
19

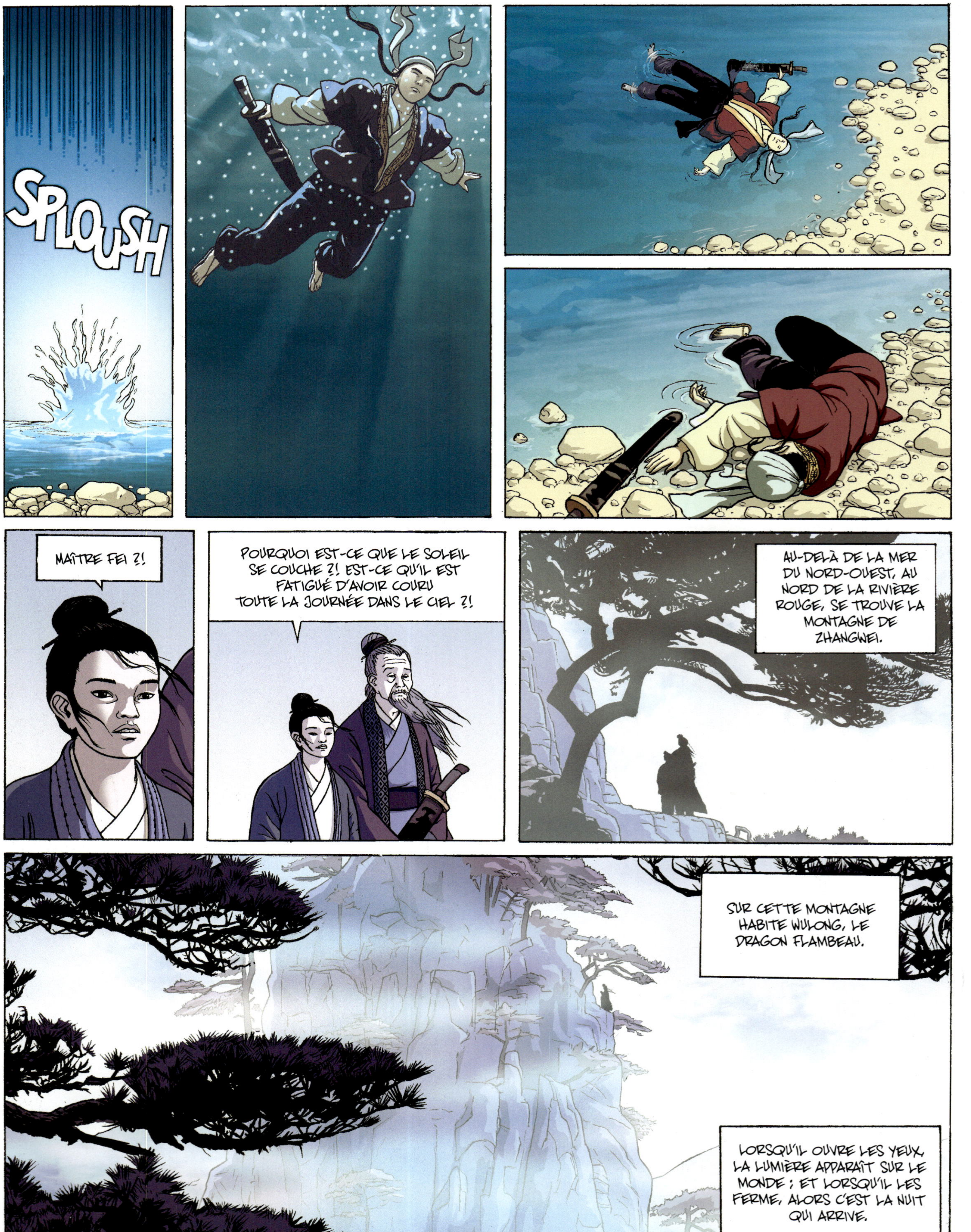
SPLOUSH
MAÎTRE FEI ?!
POURQUOI EST-CE QUE LE SOLEIL SE COUCHE ?! EST-CE QU'IL EST FATIGUÉ D'AVOIR COURU TOUTE LA JOURNÉE DANS LE CIEL ?!
AU-DELÀ DE LA MER DU NORD-OUEST, AU NORD DE LA RIVIÈRE ROUGE, SE TROUVE LA MONTAGNE DE ZHANGWEI.
SUR CETTE MONTAGNE HABITE WULONG, LE DRAGON FLAMBEAU.
LORSQU'IL OUVRE LES YEUX, LA LUMIÈRE APPARAÎT SUR LE MONDE ; ET LORSQU'IL LES FERME, ALORS C'EST LA NUIT QUI ARRIVE.
20

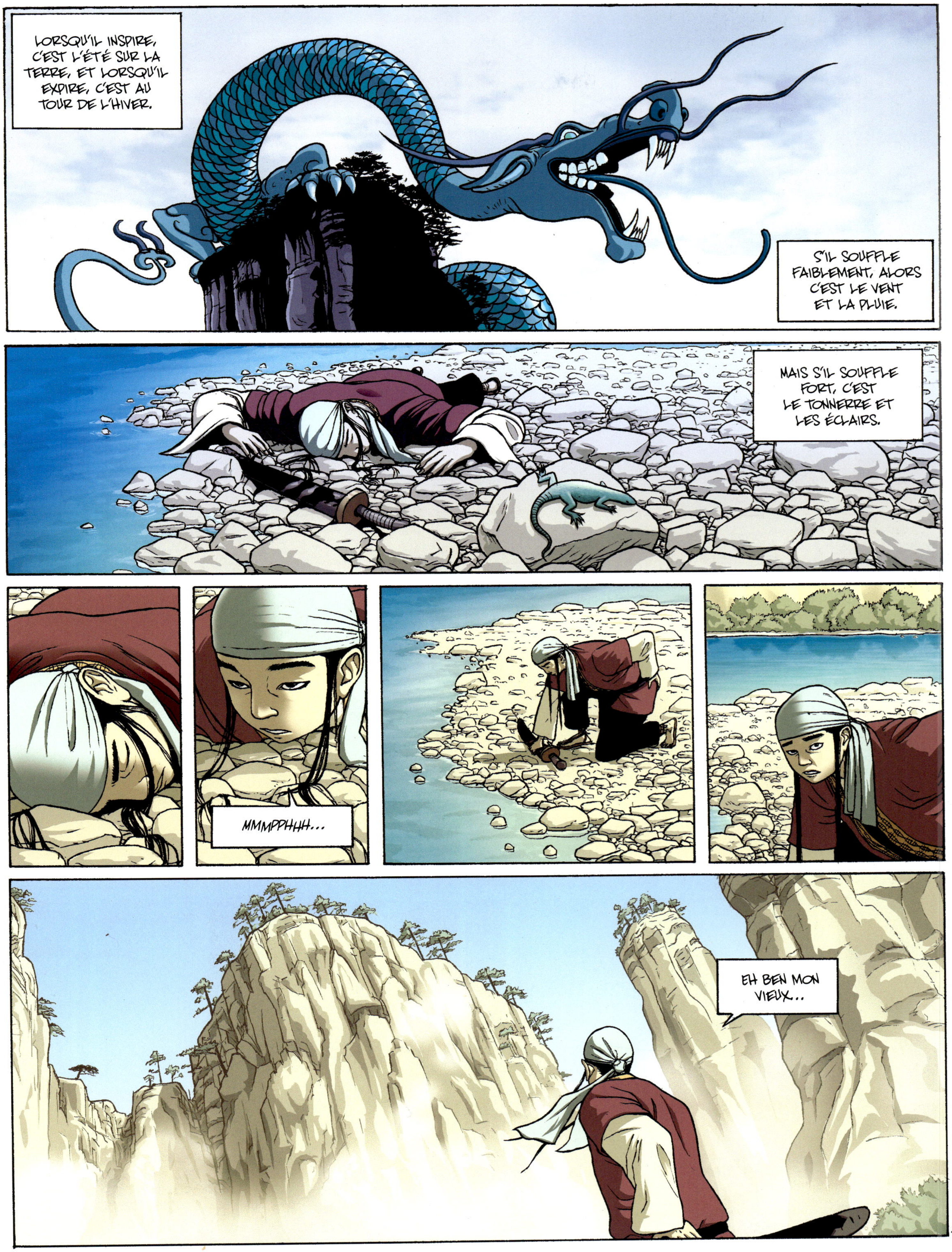
LORSQU'IL INSPIRE, C'EST L'ÉTÉ SUR LA TERRE, ET LORSQU'IL EXPIRE, C'EST AU TOUR DE L'HIVER.
S'IL SOUFFLE FAIBLEMENT, ALORS C'EST LE VENT ET LA PLUIE.
MAIS S'IL SOUFFLE FORT, C'EST LE TONNERRE ET LES ÉCLAIRS.
MMMPPHHH...
EH BEN MON VIEUX...
21

Mo Xi, la femme du forgeron, vint à son aide en lui expliquant qu'il n'arriverait à rien sans sacrifier une partie de son corps.
刀
刀
刀
刀
劍

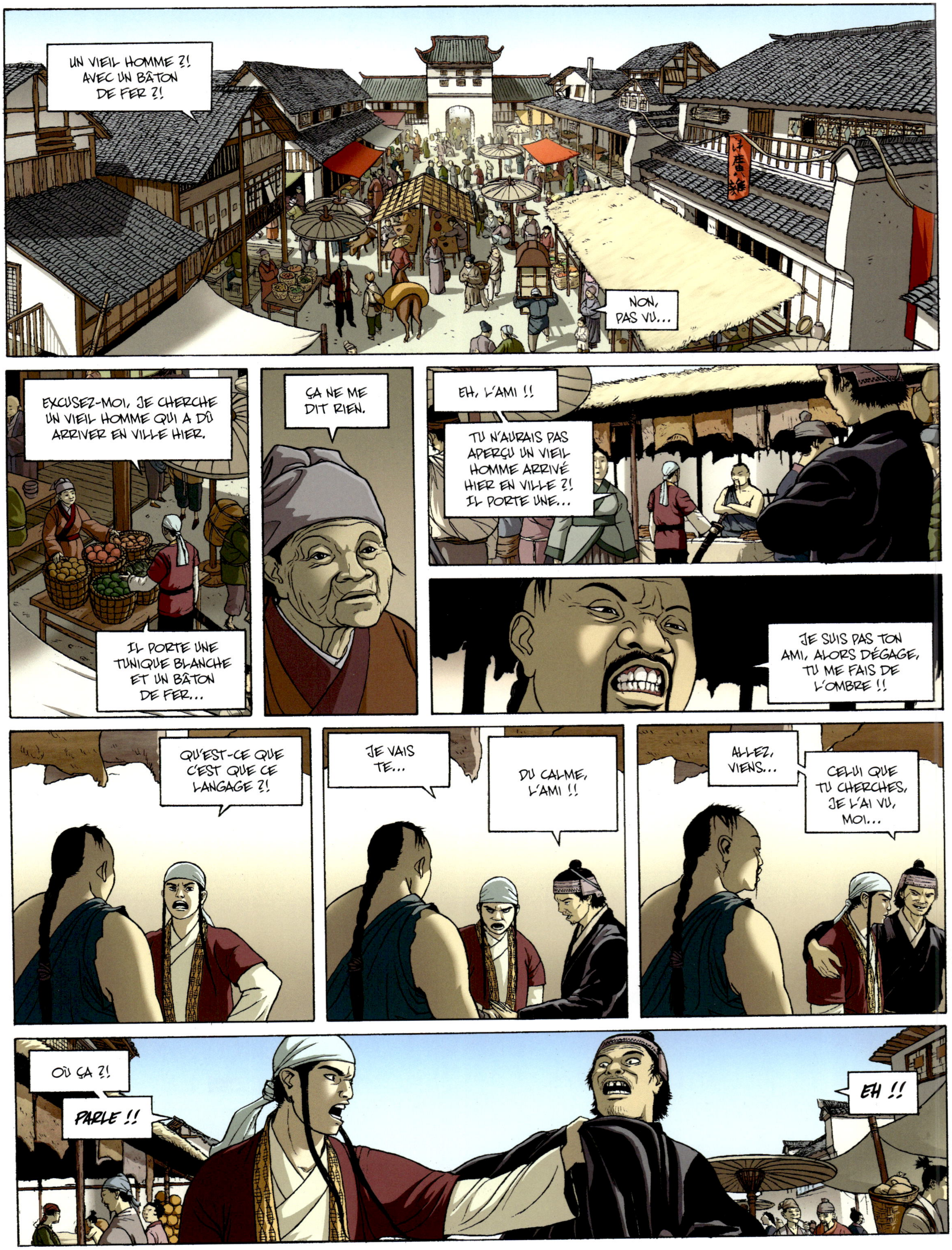
UN VIEIL HOMME ?! AVEC UN BÂTON DE FER ?!
NON, PAS VU...
EXCUSEZ-MOI, JE CHERCHE UN VIEIL HOMME QUI A DÛ ARRIVER EN VILLE HIER.
IL PORTE UNE TUNIQUE BLANCHE ET UN BÂTON DE FER...
ÇA NE ME DIT RIEN.
EH, L'AMI !!
TU N'AURAIS PAS APERÇU UN VIEIL HOMME ARRIVÉ HIER EN VILLE ?! IL PORTE UNE...
JE SUIS PAS TON AMI, ALORS DÉGAGE, TU ME FAIS DE L'OMBRE !!
QU'EST-CE QUE C'EST QUE CE LANGAGE ?!
JE VAIS TE...
DU CALME, L'AMI !!
ALLEZ, VIENS...
CELUI QUE TU CHERCHES, JE L'AI VU, MOI...
OÙ ÇA ?!
PARLE !!
EH !!
23

EH OH !! DOUCEMENT, MON GARS...
ICI, RIEN N'EST GRATUIT, MÊME PAS LA SALIVE...
... SI TU VOIS CE QUE JE VEUX DIRE...
JE VOIS TRÈS BIEN...
HALTE-LÀ, MON AMI !!
CE MARCHÉ REGORGE DE VOLEURS EN TOUS GENRES. NE VA PAS ÉTALER TES RICHESSES DEVANT EUX.
VIENS AVEC MOI, ON VA SE TROUVER UN PETIT COIN TRANQUILLE POUR CAUSER, TOUS LES DEUX.
C'EST ÇA !! TU M'ENTRAÎNES DANS UNE PETITE RUE ET TU ME TRANCHES LA GORGE !!
MOI ?!
TON SERVITEUR SERAIT BIEN INCAPABLE DE SE MESURER À UN TIGRE TEL QUE TOI.
MAIS PUISQUE TU ME SOUPÇONNES, RESTONS-EN LÀ ET CONTINUE À CHERCHER TOUT SEUL !!
REVIENS ICI !!
24

JE DISAIS ÇA POUR PLAISANTER, BIEN SÛR !!
EH EH EH !!
EH EH !! ALORS, VIENS AVEC MOI...
ALLEZ-Y !!
YYAAAHHH !!
MMMM ?!
GGNN ?!
WHOA !!
AÏÏEE !!
BAM
AYA !!
HÉ TOI !!
25

AH, FOUTU DRÔLE !!
TU PENSAIS POUVOIR VOLER WU GANG !! HEIN ?!
MAUVAISE GRAINE !!
FACE DE GUEUX !!
JE VAIS T'APPRENDRE, MOI !!
HALTE !!
ON AGRESSE LES HONNÊTES CITOYENS ?! ON FAIT DE L'ESCLANDRE ?! DU GRABUGE ?! DU TAPAGE ?!
ARRÊTEZ-MOI CE MINABLE !!
M'ARRÊTER ?!
MOI ?!
26

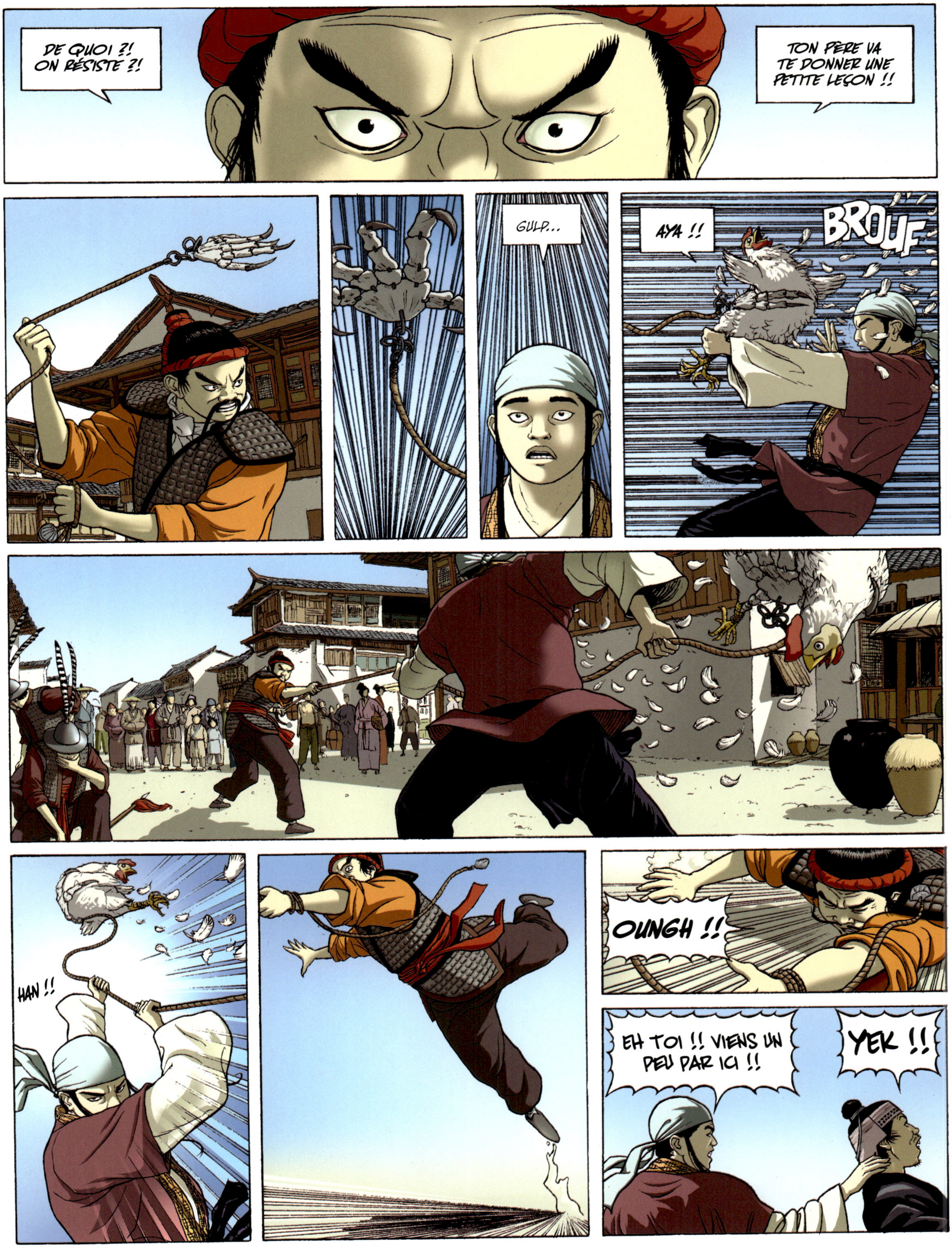
DE QUOI ?! ON RÉSISTE ?!
TON PÈRE VA TE DONNER UNE PETITE LEÇON !!
GULP...
AYA !!
BROUF
HAN !!
OUNGH !!
EH TOI !! VIENS UN PEU PAR ICI !!
YEK !!
27

ET MAINTENANT, AVOUE QUE TU AS ESSAYÉ DE ME VOLER !!
ARF ARF... JE...
AVOUE !!
OUAIS, C'EST VRAI !! JE... GRRGLL... J'AI VOULU LE VOLER !!
ET SES DEUX COMPLICES SONT DANS LA RUELLE !! VOUS POUVEZ ALLER VÉRIFIER !!
VA VOIR !!
C'EST VRAI, EXCELLENCE !!
IL Y A DEUX TYPES MAL EN POINT LÀ-BAS...
BON, EMBARQUEZ-MOI CES TROIS BONS À RIEN !!
QUANT À TOI, JE TE LAISSE PARTIR. MAIS PLUS DE GRABUGE, HEIN !!
JE T'AI À L'ŒIL...
28

DIS VOIR, JE CHERCHE UN HOMME. UN VIEUX QUI...
ÉCONOMISE TA SALIVE, SABREUR DE MON COEUR.
ICI, ON VEND À BOIRE ET À MANGER MAIS RIEN D'AUTRE.
29.

QU'EST-CE QUE TU BOIS ?!
JE... OH, ET PUIS T'AS RAISON !! J'EN AI ASSEZ FAIT POUR AUJOURD'HUI !!
AMÈNE-MOI DU VIN.
ET PAS DE LA PISSE D'ÂNE, HEIN ?!
PARCE QUE MONSIEUR EST CONNAISSEUR, PEUT-ÊTRE ?!
J'AI DU PRINTEMPS-DANS-LA-CRUCHE-DE-JADE.
ÇA IRA POUR SA SEIGNEURIE ?!
C'EST PARFAIT. ET LÉSINE PAS SUR LA QUANTITÉ !!
TIENS, TIENS...
QU'EST-CE QUI T'ARRIVE ?!
VOUS VOYEZ CE PAYSAN LÀ-BAS, AVEC LA TUNIQUE POURPRE ?!
OUI ?! ET ALORS ?!
CE MARAUD A FAIT LE FANFARON AU MARCHÉ, CET APRÈS-MIDI. SA TECHNIQUE EST CORRECTE MAIS IL AURAIT BESOIN D'APPRENDRE LES BONNES MANIÈRES.
30

POC
SAVOURE-LE BIEN, C'EST PEUT-ÊTRE LE DERNIER...
CE QUI VEUT DIRE... ?!
QUELQUE CHOSE ME DIT QUE TU N'AS PAS QUE DES AMIS DANS CETTE SALLE...
LE MOUSTACHU LÀ-BAS ?!
J'EN FAIS AUTANT CAS QUE DE GRAINS DE MOUTARDE !!
IL EST DÉJÀ ENTRÉ UNE FOIS DANS LA CAVERNE DU TIGRE ET L'ANTRE DU DRAGON... ET CROIS-MOI QU'IL N'EST PAS PRÈS DE RECOMMENCER !!
SI TU LE DIS... EN TOUT CAS, MÉFIE-TOI DU GRAND À LA VESTE BLANCHE.
C'EST LE FILS DU GOUVERNEUR CHENG ET IL FAIT LA PLUIE ET LE BEAU TEMPS ICI.
PEUH...
CE QUE J'EN DIS, MOI...
EH MA JOLIE !!
DIS-MOI UN PEU... QU'EST-CE QUE TU FAIS CE SOIR ?!
JE ME COUCHE, CETTE QUESTION !!
TOUTE SEULE ?!
ÇA DÉPEND...
31

BAM
BON. J'AI UN COMPTE À RÉGLER AVEC CE MENDIANT.
ET JE CROIS BIEN QUE L'HEURE EST...
LAISSE-LE-MOI.
VOTRE SEIGNEURIE NE VA PAS SE BATTRE AVEC CE POUILLEUX !!
ET POURQUOI PAS ?! J'AI LE DROIT DE M'AMUSER, MOI AUSSI...
J'AI ENTENDU DIRE QUE TU SAVAIS TE BATTRE...
C'EST POSSIBLE...
QUE DIRAIS-TU D'UNE PETITE DÉMONSTRATION ?!
NON MERCI.
J'AI EU UNE NUIT TROP COURTE ET UNE JOURNÉE TROP LONGUE. JE SUIS FATIGUÉ...
AH VRAIMENT ?!
EH BIEN, VOILÀ QUI DEVRAIT TE RÉVEILLER !!
SPLASH
32

CHIEN !!
VOTRE SEIGNEURIE !!
AYEZ PITIÉ D'UNE PAUVRE COMMERÇANTE !! ÉPARGNEZ MON MOBILIER !!
SILENCE !!
KLANK
KLINK
LAISSE TOMBER.
33

GGGGNNN...
KRAK
AARGGHHH !!
FIN DE LA LEÇON !!
AAHHH !!
VOTRE ALTESSE !!
TUEZ-LE !!
34-

YYAAAAHHH !!
QUATRE CONTRE UN ?!
BANDE DE LÂCHES !!
VOTRE VIEUX PÈRE VA VOUS CORRIGER !!
AYA !!
AAHH !!
REVIENS ICI, CHIEN GALEUX !!
35.

SHHAAA
AARGGLLL !!
AAAAHHHHH...
SALE BÊTE !
JE TE TIENS CETTE FOIS !!
TCHAC
HUMPH !!
AARRRHHH !!
SSCHHAA
AAARGLL !!
KRUK
ATTRAPEZ-LE !!

VLAM
IL EST ENTRÉ LÀ !!
BONK
HUNGH !!
KRASH
37_

PAR ICI !!
DOUCEMENT, DOUCEMENT !!
POSEZ-LE LÀ.
DOUCEMENT !! VOILÀ...
QU'EST-CE QUI SE PASSE, ICI ?!
VOTRE ALTESSE !! VOTRE FILS ET LE SIEUR YAN SONT BLESSÉS!! IL FAUT QUÉRIR LE GRAND MIRE DE TOUTE URGENCE !!
EH BIEN QU'EST-CE QUE VOUS ATTENDEZ ?!
COUREZ LE CHERCHER IMMÉDIATE-MENT !!
MON FILS, QUE T'EST-IL ARRIVÉ ?!
UN... UN ÉTRANGER, PÈRE...
... À L'AUBERGE DU PÊCHER EN FLEUR... JE L'AI PROVOQUÉ MAIS IL ÉTAIT BIEN TROP FORT !!
ET OÙ EST CE MARAUD ?!
NOUS ALLIONS LE CAPTURER QUAND UN HOMME À LA FORCE EXTRA-ORDINAIRE L'A SOUSTRAIT À NOTRE JUSTICE !!
CAPITAINE DONG !!
VOTRE ALTESSE !!
FAITES DONNER LA GARDE !!
ET RAMENEZ-MOI CES ASSASSINS MORTS OU VIFS, OU JE FAIS ROULER VOTRE TÊTE SUR LA PLACE PUBLIQUE !!
38-

Aussi Gang Jiang mêla-t-il ses ongles et ses cheveux au fer avant de forger la première épée, tandis que le soufflet de la forge était actionné par trois cents jeunes garçons.
HUMPH...
QUE... ?!
TOI !!
39

MAUDIT VIEILLARD !! AH, TU PEUX DIRE QUE TU M'AS FAIT COURIR !!
MAIS MAINTENANT JE TE TIENS !!
ET CETTE FOIS, TU NE T'EN TIRERAS PAS AVEC UNE ÉPÉE CASSÉE !!
TU ES BLESSÉ.
ME BATTRE AVEC TOI DANS CES CONDITIONS SERAIT DÉLOYAL.
RAVALE TES SCRUPULES !!
J'AI JURÉ DE RAMENER TA VILAINE TÊTE AU VILLAGE !!
ET DE TOUTE FAÇON, TU ES MON VINGT-SEPTIÈME, ALORS TU DOIS TE BATTRE AVEC MOI... ET MOURIR !!
TRÈS BIEN... JE VAIS ME BATTRE AVEC TOI.
MAIS AVANT ÇA, JE VEUX QUE TU ÉCLAIRCISSES POUR MOI CE MYSTÈRE DE VINGT-SEPTIÈME.
MM... C'EST D'ACCORD.
L'HEURE DE TON TRÉPAS EST VENUE, ALORS JE PEUX BIEN ACCÉDER À UNE DERNIÈRE REQUÊTE...

40

SACHE QUE JE SUIS LE SEUL ÉLÈVE DU GRAND MAÎTRE WU FEI.
UN JOUR QU'IL SE PROMENAIT DANS LES MONTAGNES, IL M'A TROUVÉ AUPRÈS DU CADAVRE DE MES PARENTS, TUÉS PAR DES BANDITS.
IL M'A CONFIÉ À UNE VIEILLE NOURRICE DU VILLAGE AVANT DE FAIRE DE MOI SON DISCIPLE.
AVANT DE REJOINDRE SES ANCÊTRES, MON MAÎTRE M'A ORDONNÉ DE RESTER AU VILLAGE DE XINGFU POUR LE PROTÉGER, ET DE DÉFIER TOUT PORTEUR D'ARME QUI Y PASSERAIT.
IL M'A ENSUITE PRÉDIT QUE LORSQUE J'EN AURAIS TUÉ AUTANT QUE JE COMPTE D'ANNÉES, MON DESTIN CHANGERAIT ET JE DEVIENDRAIS UN GRAND MAÎTRE !!
LE PLUS GRAND MAÎTRE D'ARMES QUE L'EMPIRE AIT JAMAIS CONNU !!
J'AI AUJOURD'HUI 27 ANS. ET TU ÉTAIS LE VINGT-SEPTIÈME À TE PRÉSENTER AU VILLAGE...
MM... BELLE HISTOIRE...
BELLE OU PAS, QU'EST-CE QUE ÇA PEUT FAIRE ?!
NUL, ET SURTOUT PAS TOI, NE PEUT ÉCHAPPER À SON DESTIN !!
ALLEZ !! DEBOUT ET BATS-TOI, QU'ON EN FINISSE !!
41

KLANK
NE TE TIENS PAS ENTRE MOI ET MA PROIE, VIEIL HOMME !! OU TU VAS APPRENDRE À TES DÉPENS QU'ÊTRE ENTRE LE MARTEAU ET L'ENCLUME TE SERAIT PLUS CONFORTABLE !!
RETOURNE D'OÙ TU VIENS, MÈRE YESHA !
JE N'AI PAS DE CONFLIT AVEC TOI ET NE SOUHAITE PAS TA MORT !!
ALORS RECULE !!
BONK
ABANDONNE LE COMBAT PENDANT QU'IL EST ENCORE TEMPS !!
TU NE PARLES PAS, TU PÈTES !!
42

YYYAAAAHHHH !!
SHAAA
BONK
BAF
BROUF
MAUDIT VIEILLARD...
CRÈVE !!
43

BROUF
44

SLASHH
45-

FIN DU PREMIER ÉPISODE

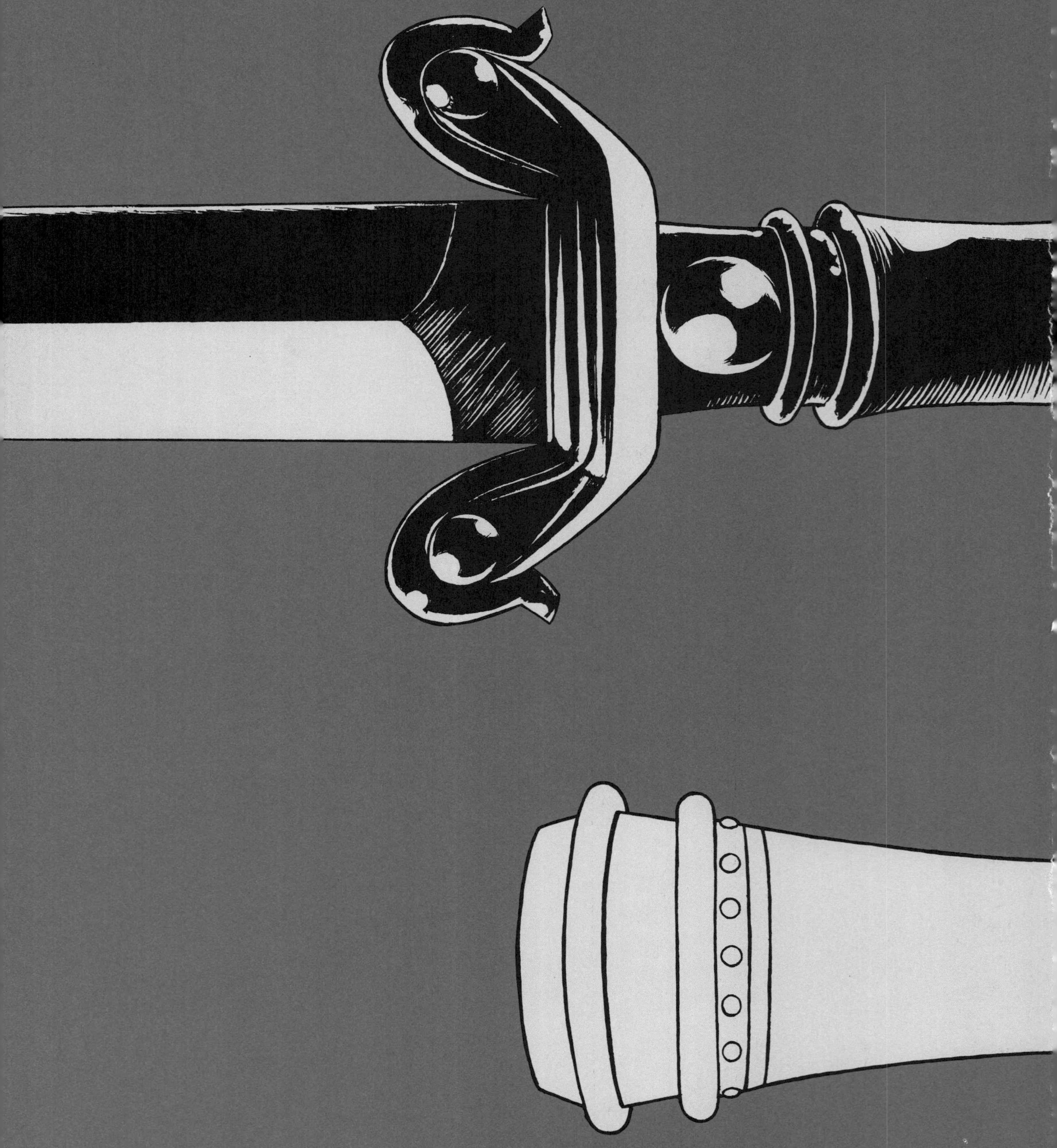